AF468678

DISCOURS
PRONONCÉS
DANS L'ACADEMIE FRANÇOISE,

Le Jeudi 31 Mars M. DCC. LVII.

A LA RECEPTION

DE M. SEGUIER.

A PARIS,
Chez BRUNET, Imprimeur de l'Académie Françoiſe, rue S. Jacques.

M. DCC. LVII.

M. SEGUIER, *ayant été élû par Messieurs de l'Académie Françoise, à la place de M.* DE FONTENELLE, *y vint prendre séance le Jeudi 31 Mars 1757, & prononça le Discours qui suit.*

MESSIEURS,

QUAND le célèbre Académicien que vous regrettez fut admis dans votre illustre Compagnie, il attribua ce glorieux avantage à l'honneur qu'il avoit d'appartenir au grand Corneille. Mais si le hazard de la naissance l'attachoit par les liens du sang au pere du Théâtre, cet éclat héréditaire disparoissoit auprès des titres personnels qui l'avoient rendu digne de votre choix.

Combien suis-je plus obligé, MESSIEURS, de faire un aveu aussi modeste que le sien ? Je dois au nom que je porte, l'honneur de m'aſſeoir aujourd'hui parmi vous ; le ſouvenir du Chancelier Seguier vous a été tranſmis, il vit dans vos cœurs, vous avez voulu l'honorer dans un héritier de ſon nom, vous avez étendu ſur moi les ſentimens que vous lui conſervez, & qu'il mérita, ils ont fait mon titre. Je me hâte de rendre à ſa mémoire un hommage public, & dans les tranſports que vous aviez droit d'attendre de ma reconnoiſſance, c'eſt à moi ſeul, MESSIEURS, qu'il étoit permis de le nommer ici avant le Cardinal de Richelieu, ce génie profond & ſublime, qui le premier raſſembla les talens diſperſés, à qui les Lettres doivent autant que cet Empire, dont le nom vit encore parmi vous avec une nouvelle ſplendeur dans un héros de ſa race ; le Chancelier Seguier ajouta à l'éloge de votre fondateur en l'imitant, il ſe crut heureux de ſeconder ſes vues en concourant à la gloire des Muſes, & de pouvoir, en mêlant ſon nom avec les vôtres, ſe promettre l'immortalité.

Eh ſur quoi pouvoit-il mieux fonder cette vaſte & flateuſe eſpérance, que ſur une Compagnie éclairée, faite pour repréſenter l'eſprit de la Nation, pour ajouter à ſon titre de Guerriere celui de Savante, pour la préſerver de la barbarie, pour perpétuer ſon exiſtence par les lumieres, & tandis que d'autres Peuples autrefois éclairés comme elle, n'exiſtent plus que dans les monumens qui nous reſtent de leur génie, lui garantir une immortalité réelle, en fixant dans ſon ſein l'empire du génie & de la raiſon.

Un de ſes plus grands Rois, LOUIS XIV. Protecteur du mérite qu'il ſut connoître, mit le comble à la gloire de cet établiſſement, en lui imprimant la ſienne. Sous ſes regards créateurs, on vit ſe multiplier les génies : il a tranſmis ſa grande ame à notre auguſte Monarque, & la même faveur a renouvellé parmi vous les prodiges. Pourquoi ne puis-je qu'admirer ; que votre choix ne peut-il créer en moi tout ce qui me manque pour le juſtifier ?

D'autres plus heureux ſont entrés dans ce Temple des Muſes, précédés par d'immortels écrits, nommés dès long-tems par la voix publique. Leurs talens ſupérieurs étoient venus, pour ainſi dire, reconnoître avant eux la place où ils devoient s'aſſeoir. Je parois devant vous, MESSIEURS, ſous les auſpices d'un nom qui vous eſt cher, mais auquel je n'ai rien ajouté ; vous décernez à ma jeuneſſe le prix des travaux d'une plus longue carrière : vous avez violé pour moi cette loi ſevère & juſte, qui ne permet d'entrer ici que les lauriers à la main, je me vois ſous ceux qui vous couvrent, aſſocié à vos honneurs ſans l'être à votre renommée, & voici le premier moment où choiſi par vous je commence à exciter l'envie.

Je ſens à la fois le prix & le motif de vos bontés, MESSIEURS, auſſi ſages dans vos bienfaits, qu'éclairés dans vos récompenſes, c'eſt en m'honorant que vous avez voulu m'encourager, vous avez ſenti combien dans le Sanctuaire de la Juſtice où je ſuis placé, j'ai beſoin de cette éloquence mâle & victorieuſe, digne interprête de la vertu & de la vérité, combien le maintien des Loix & la défenſe des opprimés exige de moi cette raiſon perſuaſive, cette énergie, cette force, cet eſprit d'ordre & de ſageſſe qui ſe réflechit dans vos Ouvrages, & qu'en m'approchant de vous, vous me ferez puiſer dans ſa ſource.

Mais à qui ſuccédai-je, MESSIEURS ? à un de ces hommes rares, nés pour entraîner leur ſiècle, pour produire d'heureuſes révolutions dans l'Empire des Lettres, & dont le nom ſert d'époque dans les annales de l'eſprit humain ; à un génie vaſte & lumineux, qui avoit embraſſé & éclairé pluſieurs genres, univerſel par l'attrait de ſes goûts, par l'étendue de ſes idées, & non par ambition ou par enthouſiaſme ; à un eſprit facile qui avoit acquis & qui communiquoit, comme en ſe jouant, toutes les connoiſſances ; à un bel eſprit philoſophe, fait pour embellir la raiſon, & pour tenir d'une main legère la chaîne des Sciences & des vérités.

Il falloit, dit M. de Fontenelle, décompoſer Leibnitz, pour le louer ; c'eſt un moyen que ſans y penſer, le Panégyriſte préparoit dès-lors pour le louer lui-même. En effet que de différens mérites dans le même Ecrivain ! La philoſophie affranchie par Deſcartes des épines de l'Ecole, reſtoit encore hérissée de ses propres ronces : M. de Fontenelle acheva de la dépouiller de ce langage abstrait, de ces surfaces énigmatiques, qui étoient un voile de plus pour ces mystères, voile épais, imaginé par l'ignorance pour dérober l'absurdité des systêmes, ou par la vanité pour se reserver à elle seule la connoissance de la vérité. Il fit plus, il substitua les fleurs aux épines : c'est ainsi qu'il embellit Copernic & Descartes lui-même, dans la pluralité des Mondes, Ouvrage adroitement superficiel, appât qu'il présenta à son siècle, pour inspirer le goût de la Philosophie. Eh quelle magie de style ne falloit-il pas pour faire descendre les corps célestes sous les yeux du vulgaire, pour lui en développer toute l'économie d'une maniere si agréable, avec autant d'ordre qu'ils se meuvent, pour proportionner l'instruction à tous les esprits ! C'est un Orphée qui diminue sa voix dans un lieu resserré, qui ne permet point de plus grands éclats.

Il la déploye cette voix savante, propre à tous les tons, dans ces extraits raisonnés, dans ces profondes analyses, dans ces sublimes résultats de tant d'Ouvrages de l'Académie des Sciences, lorsque semblable au Destin de la Fable, qui ne rendoit ses Oracles que pour les Dieux, il ne parle que pour se faire entendre aux Savans.

Vos lumières m'ont déja précédé, MESSIEURS, elles supléent à ce que je ne puis exprimer pour son éloge : on regarda comme un prodige dans le même homme de parler à chaque Savant ſon langage, de paſſer ſi facilement d'une ſphère à l'autre ; ne faudroit-il pas que le même prodige ſe renouvellât en moi, pour le louer d'une maniere digne de ſes connoiſſances & des vôtres, pour effleurer au moins tout ce qu'il aprofondiſſoit ?

C'étoit au milieu de ces vaſtes ſpéculations que né pour l'agrément il en étendoit l'empire ; le même génie qui meſuroit les Cieux avec Galilée, qui calculoit l'infini avec Newton, reſſuſcitoit encore l'art de Théocrite, ou devenoit le rival de Quinault ; entraîné par la diverſité de ſes penſées, il évoquoit les morts célèbres dans ces Dialogues Philoſophiques, où il ſe plaît à préſenter les objets dans un jour inattendu, à ôter aux choſes les idées accoutumées, non par un eſprit dangereuſement ſyſtematique, qui confondroit les principes avec les préjugés, mais pour nous montrer la folie des prétentions humaines, les mépriſes de la raiſon même, & nous apprendre à nous méfier d'une ſageſſe qui n'eſt ſi préſomptueuſe que parce qu'elle eſt bornée.

Mais quels éloges rendre à M. de Fontenelle pour ces éloges ſi eſtimés, où non-ſeulement il ſut vaincre le dégoût de la malignité humaine pour les louanges d'autrui les plus juſtes, mais encore ſe faire de l'art de louer un caractère particulier, & un talent nouveau ; il me ſemble en ce moment les entendre en foule, tous ces morts fameux, me

preſſer

presser d'acquitter ici leur reconnoissance ; doués d'un différent mérite & d'une réputation inégale, ils furent portés presque tous au même dégré de célébrité par l'éloquence & les lumières du Panégyriste, Orateur qui savoit d'autant mieux les louer, qu'il pouvoit être lui-même ou leur émule, ou leur juge.

Il fut le premier qui joignit à la Philosophie des sciences, cette Philosophie de raison supérieure encore au savoir, cette sage liberté de penser, qui d'un côté s'éléve au-dessus des erreurs communes, & de l'autre se renferme dans de justes bornes. Il eut assez de force pour s'affranchir des opinions peu fondées, & assez de sagesse pour en dégager les esprits, en évitant de les heurter de front, plus sûr de les gagner que de les subjuguer. C'est ainsi que dans l'Histoire des Oracles il sépara peu à peu la vérité de la superstition ; c'est ainsi qu'exempt de passion & d'enthousiasme, il jugea tous les anciens comme Descartes en avoit jugé un d'entre eux, posant les limites du respect qui leur étoit dû, ne reconnoissant d'autorité que le génie, de loi que le sentiment, ramenant les esprits à eux-mêmes, & les débarrassant du joug qui les étouffoit en les captivant. Rangé du parti des Modernes, la plûpart ses contemporains, il vit leur gloire sans jalousie quelque près qu'il fût d'eux, il la défendit sans vanité quelqu'avantage qu'il assurât à leur parti ; le mérite de ses Ouvrages l'auroit encore fortifié contre l'antiquité, quand même il se seroit déclaré pour elle.

Attaché au Carthésianisme par tout ce qu'il avoit cru trouver de vraisemblable dans ce systême, & non par superstition ou par opiniâtreté, il ne refusa point son admiration au grand Newton, il ne fut point au rang de ses Sectateurs, mais il fut son plus illustre Panégyriste.

Qui l'auroit cru, MESSIEURS, la critique qui se déchaîne ordinairement contre les Ecrivains célèbres, ne lui lança que quelques traits. On put, il est vrai, lui reprocher dans plusieurs de ses écrits plus de brillant que de goût, plus d'art que de naturel, d'affecter, pour ainsi dire, une certaine galanterie d'esprit, & même trop d'esprit; exemple dangereux, en ce qu'il savoit plaire par tant d'autres faces, & peut-être par ses défauts mêmes; mais la critique lui rendit cet hommage, de n'oser le poursuivre que dans ceux qui voulurent l'imiter. La supériorité de ses talens couvrit tout : il put compter ses ennemis & non ses admirateurs : l'envie le respecta, la renommée ne tint sur lui qu'un langage; il jouit de sa réputation, il jouit de l'avenir même : il vit toute la postérité dans ses contemporains.

Eh comment avec un mérite si éminent, échappa-t-il aux fureurs de l'envie? Il dut cet heureux privilége à sa philosophie, à sa modération, au respect que ses mœurs inspirerent, à ce caractère doux & liant qui ne revoltoit point l'amour-propre d'autrui, à cet oubli volontaire de sa supériorité, à la justice qu'il rendit au mérite : enfin il échappa à l'envie, parce que lui-même ne la connut point. Il vécut tranquille au milieu de ces querelles littéraires, où l'Auteur qu'on attaque expose autant sa gloire en voulant la défendre, que le critique cherche à la ternir en l'attaquant : guerres honteuses entre la malignité & l'amour-propre, qui deshonorent les Lettres, le cœur & l'esprit.

Le nom de M. de Fontenelle ne pouvoit être resserré dans les bornes de son pays ; la réputation des grands hommes part d'auprès d'eux, mais c'est au loin qu'elle paroit briller davantage, elle ne parle jamais plus haut, que lorsqu'ils ne sont point à portée de l'entendre ; du même essor dont la gloire franchit les tems, elle franchit les lieux; elle n'est guères immortelle qu'autant qu'elle est générale ; son étendue est le sceau de sa durée. Tel fut le triomphe de M. de Fontenelle, les étrangers accouroient ici pour l'entendre, pour pouvoir dire au moins dans leur patrie, je l'ai vû. Un d'eux arrive à peine aux portes de cette Capitale, il le demande avec impatience au premier qu'il rencontre, persuadé qu'un homme connu aux extrémités du monde, ne pouvoit être ignoré d'aucuns de ses concitoyens.

Honoré des bontés d'un grand Prince, qui doué comme lui d'un génie universel, étoit le juge le plus éclairé du mérite ; admis, si l'on ose le dire, dans sa familiarité, il ne fit point servir à son ambition ou à sa fortune cet excès de faveur. Exempt de l'esprit d'intrigue, inaccessible aux mouvemens inquiets ou violens, ami du bien général, animé du desir de plaire, sachant jouir de tout & de lui-même; né plutôt pour la société que pour un commerce plus intime, elle s'enrichit de ce qu'il eût pu donner à des liaisons particulieres, à ces penchans estimables, mais dangereux, passions des ames nées trop sensibles, sujettes à s'égarer, dès qu'elles ne sont plus surveillées par la raison.

Il eût été publiquement révéré à Sparte par son âge; ses talens eussent été négligés peut-être par ce peuple austère qui n'estimoit que la vertu; il fut respecté parmi nous dans tout le cours de sa vie, & à tous les titres.

La viellesse, ce tems d'affoiblissement qui n'est ni la mort ni l'existence pour le reste des hommes, mérita d'être comptée dans sa vie. Le Ciel en lui accordant un esprit si étendu & de si longs jours sembla reculer pour lui toutes les bornes humaines, & n'enlever qu'à regret à la terre un Sage placé sous deux régnes, pour être à la fois la lumière & l'ornement de deux siécles, pour pouvoir en comparer les merveilles sous deux Augustes Monarques, dont l'un fut la terreur de l'Europe, & l'autre en a été l'Arbitre; l'un passionné pour la gloire, l'autre se partageant entr'elle & l'humanité; l'un fameux par son courage dans les revers, l'autre par sa modération dans les triomphes; l'un justement surnommé LE GRAND, l'autre plus grand encore par le titre DE BIEN-AIMÉ.

Réponse de M. LE DUC DE NIVERNOIS, *au Discours de M.* SEGUIER.

MONSIEUR,

VOTRE entrée à l'Académie Françoise rappelle le souvenir de ce bel âge du monde, où la reconnoissance unissoit les hommes par des nœuds indissolubles, de ces tems où le droit sacré de l'hospitalité offroit aux Héros une Patrie partout où leurs ancêtres avoient répandu leurs bienfaits. Nous vous recevons aujourd'hui parmi nous, MONSIEUR; & notre empressement à vous posséder a dû attendre vos desirs; mais vous ètes Académicien né, pour ainsi dire, & vous auriez pû réclamer à titre de patrimoine la place que nous vous déférons en ce jour à tant d'autres titres : car il ne vous a pas suffi, MONSIEUR, d'être annoncé, désigné par la gloire de votre nom, vous avez voulu être précédé par votre réputation personnelle, & j'oserai presque m'en plaindre à vous au nom de l'Académie. Distingué comme vous l'ètes, par des talens rares dans l'exercice d'une Charge qui exige tant de talens, nous ne satisfaisons en vous adoptant que la justice : il ne reste rien pour la reconnoissance que nous devons à notre second Fondateur, & vous nous avez mis dans l'impuissance de nous acquitter envers lui, en nous imposant la nécessité de nous acquitter envers vous ; il n'y a personne qui ne connoisse, & qui ne révére ces importantes fonctions du Ministere public que vous remplissez, MONSIEUR, avec tant d'éclat.

Etre en même tems la voix publique & la voix du Législateur, être le défenseur nécessaire de toutes les causes qui intéressent le Prince, & de toutes celles qui intéressent le Public, être l'organe toujours secourable de ceux à qui leur âge ou leur état ne permettent pas de se faire entendre au pied des tribunaux, être dans les affaires contentieuses le dépositaire, l'interprête, l'arbitre des preuves, des argumens, des moyens respectifs, & & par-là prévenir souvent & faciliter toujours le jugement du Sénat respectable dont on s'attire la confiance, tels sont les droits qui caractérisent la charge d'Avocat Général, telles sont les fonctions de son ministere. L'imagination s'effraie, & l'émulation se décourage en considérant toutes les qualités qu'un esprit doit rassembler pour fournir glorieusement une si vaste carrière : il faut une étendue qui suffise à la multitude toujours renaissante des affaires, une pénétration capable de les approfondir toutes, une perspicacité qui atteigne jusqu'à la substance intime d'une affaire obscure, pour en arracher les moyens décisifs & victorieux qui auroient échapé à l'œil perçant de l'intérêt, aux parties elles-mêmes ; il faut enfin réunir les sentimens du citoyen, les vûes de l'homme d'Etat, l'érudition du Jurisconsulte, l'ordre & la netteté dans les idées qui caractérisent le grand Magistrat, l'éloquence vive & en même tems judicieuse de l'Orateur le plus consommé. L'art de bien dire, celui de bien écrire, celui de bien composer dont vous venez de faire, MONSIEUR, un si bel usage, ne rempliroient qu'imparfaitement les devoirs d'un Avocat Général; forcé souvent par des circonstances aussi soudaines qu'imprévûes à être éloquent sans préparation, avouez-le, MONSIEUR, vous avez besoin de ce talent inné que la nature seule peut donner, & dont elle est si avare; vous avez besoin de ce rare & admirable instinct du génie qui entraîné par une inspiration toujours heureuse, saisit & embrasse à la fois le vrai, le beau, le sublime; vous avez besoin de cette énergie du style que l'étude ne donne point, qui semble participer de l'enthousiasme, & qui présentant les objets sous le point de vûe le plus frappant, pénétre rapidement l'auditeur du sentiment dont l'Orateur est pénétré.

Je n'en dirai pas davantage, que votre modestie se rassure, MONSIEUR, je la respecterai, & je laisse au Public le soin facile de trouver dans l'énumeration des talens qui vous sont nécessaires, celle des talens que vous possédez. Cet éloge vraiment digne de vous, a déja prévenu celui que je pourrois faire, & telle est ma destinée aujourd'hui, qu'ayant à traiter des sujets qui seront à jamais célèbres dans l'histoire de l'Académie, je ne puis rien dire qui n'ait été dit, je ne puis rien louer qui n'ait été loué, je ne puis que rappeller au Public ses propres idées, & ses propres sentimens.

En effet, si l'heureuse acquisition que nous faisons en vous adoptant, MONSIEUR, est un triomphe public, la perte que nous déplorons en même tems est une perte publique. Nous nous étions approprié le grand homme auquel vous succédez: dans nos fastes nous jouissions de sa gloire, dans notre Société de ses vertus; il étoit fait pour être l'Oracle de nos Assemblées, il se contentoit d'en être l'ornement; il aimoit à n'être qu'un d'entre nous, mais nous ne nous flatons pas qu'il fût notre bien propre & particulier; il étoit le bien commun de l'humanité, il appartenoit à quiconque aime les Lettres, les talens, & la Philosophie; il est pleuré, il sera révéré par-tout où il y a des hommes qui pensent.

L'Antiquité vit toutes les Nations adorer l'astre qui féconde tous les climats, & dont les influences bienfaisantes se répandent sur toutes les productions de la Nature: ainsi tous les talens, toutes les sciences reclament Monsieur de Fontenelle, & tous les temples de la Litterature consacrent son culte. Sa réputation n'est pas la réputation d'un homme, elle est un glorieux amas de toutes les réputations possibles, & on peut lui appliquer parfaitement la belle louange que mérita autrefois Caton le Censeur, en qui Tite-Live (*) admire cette rare & flexible fécondité qui fait embrasser tous les genres,

(*) Tite Live, liv. 39.

& qui fait réussir dans tous au point de paroître successivement né pour chacun en particulier; & il semble qu'en formant le génie de M. de Fontenelle la Nature ait eu attention à le former tel pour les circonstances dans lesquelles ce grand homme devoit paroître. A son entrée dans la noble carriere des Lettres la lice étoit pleine d'Athletes couronnés; tous les prix étoient distribués, toutes les palmes étoient enlevées, il ne restoit à cueillir que celle de l'universalité. Monsieur de Fontenelle osa y aspirer, & il l'obtint. Semblable à ces chefs-d'œuvre d'architecture qui rassemblent les trésors de tous les ordres, il réunit l'élegance & la solidité, la sagesse & les graces, la bienséance & la hardiesse, l'abondance & l'économie; il plait à tous les esprits, parce qu'il a tous les mérites; chez lui le badinage le plus leger, & la Philosophie la plus profonde, les traits de la plaisanterie la plus enjouée, & ceux de la morale la plus intérieure, les graces de l'imagination, & les résultats de la réflexion, tous ces effets de causes presque contraires se trouvent quelquefois fondus ensemble, toujours placés l'un près de l'autre dans les oppositions les plus heureuses contractées avec une intelligence inimitable.

Parlà dans ces admirables éloges qu'il a composés pour tant de grands hommes, non-seulement il s'incorpore tour à tour avec chacun d'eux, non-seulement il entre dans le secret de leurs études, de leurs procédés, de leurs découvertes, en sorte que ſuivant une de ſes expreſſions, *on le voit devenir ſucceſſivement tout ce qu'il a lû*, mais encore il embellit chaque matiere qu'il traite par les richeſſes de toutes les autres qu'il poſſéde. Il ne ſe contente pas d'être Métaphyſicien avec Mallebranche, Phyſicien & Géometre avec Newton, Légiſlateur avec le Czar Pierre, homme d'état avec M. d'Argenſon; il eſt tout avec tous, il eſt tout en chaque occaſion, il reſſemble à ce métal précieux que la fonte de tous les métaux avoit formé. Leibnitz projettoit la création d'une langue univerſelle, & Monſieur de Fontenelle a regardé ce projet comme une belle chimere, il ne s'appercevoit pas qu'il étoit lui-même, ſi j'oſe ainſi parler, l'éxécution de cette idée; & comment s'en ſeroit-il apperçu? Cette langue qu'il parloit étoit ſa langue naturelle, il ne l'avoit pas appriſe, & elle ne s'enſeigne pas.

Oſerai-je parler, MESSIEURS, de cet Ouvrage immortel qui faiſant l'hiſtoire des ſciences, & ſubſtituant ſouvent à leurs hieroglyphes ſacrés le langage commun, a ſi bien étendu leur empire en leur attirant le juſte hommage de ceux mêmes qui ne les connoiſſent pas? De grands hommes qui m'écoutent (& que le ſort plus juſte auroit dû me permettre d'écouter) ces grands hommes dont la gloire a fourni de ſi beaux matériaux à celle de M. de Fontenelle ſeroient ſeuls dignes de le célébrer, de l'apprécier en cette partie, & je dois craindre de profaner un ſujet trop au-deſſus de ma portée. Mais dans cet aveu ſincere de mon incapacité, je puis me permettre les expressions de la reconnoissance, & je ne me refuserai pas le plaisir de rendre graces au génie bienfaisant qui m'a mis en état d'entrevoir d'augustes mysteres qu'une laborieuse initiation ne m'a pas dévoilée. Il a rempli l'intervalle, il a comblé l'abîme qui séparoit les Philosophes & le vulgaire. La sagesse n'habite plus les déserts, on arrive à son temple en parcourant des chemins faciles où tous les esprits se tiennent par une chaîne non-interrompue. Quel bienfait plus digne de la reconnoissance publique ? Quel homme rendit jamais un plus grand service à l'humanité ?

Le fameux Chancelier d'Angleterre connût & attaqua les prestiges de la fausse Philosophie qui régnoit impérieusement de son tems; il pressentit, il devina qu'il existoit une méthode pour connoître, il en avertit son siécle, & mit les siécles suivans en état de la trouver. Descartes nâquit pour recueillir ce trait de lumiere, il apprit aux Savans à ignorer, aux Philosophes à douter, aux Physiciens à observer, & par-là il forma de vrais Savans, de vrais Philosophes, de vrais Physiciens. Il étendit la raison de tous ceux à qui il parla, mais il ne parla qu'à ceux qui étoient en état de l'entendre. Cette portion de la société que le vulgaire ignorant croit oisive comme il croit les astres immobiles parce que leur mouvement lui échape, les hommes studieux, les gens de Lettres profiterent seuls de la révolution causée par Descartes dans les connoiſſances humaines ; il étoit reſervé à M. de Fontenelle de généraliſer l'ouvrage de Bacon & de Deſcartes, de familiariſer le Public entier avec la Philoſophie ; de rendre la raiſon d'uſage commun, de l'introduire, de l'établir dans tous les genres & dans tous les eſprits.

L'exécution de cette grande entrepriſe demandoit bien de l'art & des talens. Les hommes conſentent à ſavoir, mais non pas a étudier. La multitude ſe refuſe au travail, & il faut la conduire par des chemins ſemés de fleurs : c'eſt ce qu'a fait M. de Fontenelle, ne ceſſant jamais de plaire pour parvenir à inſtruire, & apprivoiſant tous les hommes avec la raiſon, parce qu'il la montre toujours ſous les traits de l'agrément.

C'eſt ainſi que la plus haute aſtronomie, c'eſt ainſi que l'érudition la plus profonde deviennent entte ſes mains des matieres de goût parées de toutes les graces qui captivent l'imagination. Les ſublimes ſpéculations des Deſcartes ſur le ſyſtême planetaire ne paroiſſent qu'un badinage, qui développant au Lecteur le plus ſuperficiel toute la théorie des aſtres, le conduit ſans effort juſqu'à cette vaſte & brillante hypotheſe entrevûe par les anciens (*) de la multiplicité des mondes ; les compilations laborieuſes du docte Van-dale ſur les preſtiges impoſteurs du Paganiſme, ne ſont plus qu'un

(*) Xenophane a enſeigné que la Lune eſt habitée. *Cic. in Lucullo.* Démocrite a enſeigné la multiplicité des Mondes. *Ibid. & de Nat. Deor. lib.* I.

précis élégant qui force l'inapplication même à s'inſtruire, parce que l'inſtruction n'eſt jamais ſéparée du plaiſir.

Ce ſoin de plaire en enſeignant, n'étoit à vrai dire, qu'une reſtitution que M. de Fontenelle faiſoit à la raiſon & au ſavoir qui lui avoient tant de fois prêté leurs tréſors pour en enrichir ſes Ouvrages de pur agrément. Que ne peuvent Ovide & Lucien ſe voir revivre dans ſes écrits! Le premier y reconnoîtroit tout le brillant de ſon coloris, toute la délicateſſe de ſon pinceau, toutes les fineſſes de ſa touche, mais il s'étonneroit de ſe trouver encore moins peintre que philoſophe; le ſecond reconnoîtroit tout le piquant de ſes idées & de ſes expreſſions; mais il s'étonneroit de ſe trouver toujours auſſi riche, auſſi varié que neuf & hardi, tous deux aimeroient à être Fontenelle.

Quelques fruits peut être précoces de ſa jeuneſſe litteraire ont paru peu dignes de tenir place dans le recueil des chefs-d'œuvre dont ils ont été ſuivis de près. Loin de nous une ſemblable penſée: rendons graces, ſoit à la modeſtie, ſoit à l'amour paternel de M. de Fontenelle, applaudiſſons avec reconnoiſſance à un ſentiment qui l'empêchant d'effacer des faſtes de ſa vie le peu de jours qui n'ont pas été marqués par des triomphes, a permis que les hommes viſſent le Nil foible & naiſſant. C'eſt après lui que j'emprunte de Lucain (*) cette

(*) *Non licuit populis parvum te, Nile, videre.* L. Ph. l. 10. v. 296. M. de Fontenelle, Eloge de *Newton.*

image, & je voudrois n'employer dans ce Discours que des expressions de M. de Fontenelle, ce seroit peut-être la seule maniere de le louer qui fut digne de lui.

Est-ce dans le sein de sa Patrie, est-ce à un tel homme qu'on a pû reprocher avec aigreur d'avoir pris parti en faveur de ses contemporains, de ses Compatriotes, dans cette fameuse & éternelle dispute de la prééminence des siécles ? Ce que Ciceron avoit dit à l'antiquité, on a osé faire un crime à M. de Fontenelle de le penser ? Gardons-nous de cette témerité sacrilege, & si notre goût de prédilection pour l'énergie, le feu, la fécondité, le naturel des ouvrages anciens nous fait traiter d'erreur & de prévention dans M. de Fontenelle la préférence qu'il donnoit à l'élégante clarté, à la méthode lumineuse, à la fine précision qui caractérisent les ouvrages modernes, respectons cette prévention, cette erreur, & regardons-les comme un patriotisme, comme un zele de nationalité litteraire. Eh ! comment M. de Fontenelle se seroit-il dépouillé de ce sentiment dans les matieres soumises au goût, lui qui l'a porté jusques dans les Mathématiques.

Je parle de cette tenacité inflexible avec laquelle il persévéra constamment dans le Cartesianisme. Accoutumé à croire le vuide & l'attraction bannis pour jamais de la Physique par le plus grand génie de la France, il ne pût se résoudre à les y voir revenir sous les auspices du plus grand génie de l'Angleterre. Lent à s'assurer des vérités parcequ'il les examinoit, il n'aimoit pas qu'elles lui échappassent quand il croyoit s'en être assuré. Il doutoit longtems avant de voir, il ne revenoit pas au doute après avoir vû ; mais en se fixant avec une espèce de religion aux principes de physique générale qu'il avoit adoptés, il vit sans aigreur le nouveau systême se répandre comme un torrent; il fit mieux que d'adopter le Newtonianisme, il imita la conduite de Newton qui *auroit mieux aimé être inconnu, que de voir le calme de sa vie troublé par des orages litéraires.* C'est ainsi que M. de Fontenelle (*) nous peint le grand Newton aussi modéré que sublime, & tel a été M. de Fontenelle lui-même.

Attaqué plus d'une fois par des adversaires redoutables, il essuya des critiques amères, piquantes, humiliantes même, si un tel homme pouvoit être humilié: aux traits les plus perçans & les plus envenimés, il n'opposa jamais que l'égide du silence, il ne montra ce qu'il pensoit des armes dont il étoit blessé, qu'en ne les employant jamais. Occupé par préférence à tout de soigner son propre bonheur, & de respecter le bonheur d'autrui, il se vit souvent contredit, & il s'abstint toujours de contredire : il fut offensé, & il n'offensa jamais : il sembloit qu'il fut impassible, & il porta la patience jusqu'à souffrir qu'on prit sa patience même pour un orgueil déguisé. On l'accusa d'approuver

(*) Eloge de *Newton.*

pour qu'on l'approuvât ; de louer tout, afin que tous le louaſſent. On l'accuſa d'être doux, d'être indulgent, d'être ſage par vanité : Quel eſt donc cet amour-propre nouveau dont le caractère eſt de ſervir l'amour-propre d'autrui ? Quel eſt cet orgueil approbateur qui s'accorde toujours ſi bien avec l'orgueil des autres ? Et à quels traits reconnoîtra-t'on déſormais la bienfaiſance, la douceur & la raiſon ?

Tels furent les traits diſtinctifs du caractère de M. de Fontenelle, la nature lui avoit donné cet aſſemblage rare d'un caractère & d'un eſprit aſſortis l'un pour l'autre. Les hommes penſent ſelon leur eſprit, ils agiſſent ſelon leur caractère, & de la diſcordance trop commune de ces deux facultés naiſſent toutes ces inégalités, ces variations, ces contrarietés qui étonnent ſouvent le public. M. de Fontenelle n'offrit jamais ces ſpectacles honteux pour l'humanité & plus encore pour la Philoſophie. Il avoit dans le cœur le même équilibre que dans l'eſprit ; la raiſon dominoit dans toute ſon exiſtence, la raiſon regloit ſes ſentimens comme ſes idées, & elle n'avoit pas plus de peine à regler les uns que les autres. C'eſt ainſi que la vie de ce grand homme auſſi longue, & plus digne encore de l'être que celle de Democrite (*) préſente dans tout ſon cours le rare tableau de cette belle & conſtante uniformité qu'accompagne le bonheur ; il étoit cet heureux qu'il peint ſi bien dans un de ſes

(*) Democrite a vécu au moins cent ans.

Ouvrages

Ouvrages (*), reconnoiſſable entre tous les hommes à une eſpece d'immobilité dans ſa ſituation ; mais, s'il eſt poſſible, M. de Fontenelle fit plus que d'être heureux, il accoutuma ſes contemporains à la vûe de ſon bonheur, il ſe le fit pardonner. On convint qu'il étoit heureux, & qu'il méritoit de l'être : & comment n'auroit-on pas été forcé d'applaudir au bonheur d'un homme toujours doux & conciliateur, lors même qu'il n'étoit pas impartial ; un homme qui, flexible à toutes les manieres, obſervateur de tous les égards, reſpectant tous les devoirs, indulgent pour toutes les fautes, & inaltérable au milieu des offenſes, n'a jamais heurté ni ſes inférieurs, ni ſes égaux, ni ſes ſupérieurs, ni même ſes ennemis !

Je l'avouerai, MESSIEURS, & je crois que toute cette reſpectable Aſſemblée éprouvera le même ſentiment, je ne ſaurois ſans en rougir pour notre ſiécle, me rappeller que M. de Fontenelle eût des ennemis. Mais que dis-je, & de quoi peut-on s'étonner en ce genre ? N'eſt-ce pas l'hiſtoire de tous les ſiécles du monde & de toutes les conditions humaines ? Le banniſſement d'Ariſtides, la condamnation de Socrate, les fers de Galilée, & pour paſſer dans un autre ordre d'exemples, Marc-Aurele, Charles le Sage, Henri le Grand, ſans ceſſe inquiétés par des ſujets factieux, ou aſſaillis par des voiſins jaloux, quels monumens ! quelles traces ineffacables de l'injuſtice des hommes ! Et ne

(*) Traité du Bonheur.

voyons-nous pas notre Auguſte Protecteur, ce Roi ſans orgueil & ſans ambition qui n'a jamais vaincu que pour pacifier, ne le voyons-nous pas aujourd'hui contraint à reprendre les armes qu'il s'étoit flaté de dépoſer pour jamais ? Que lui ont ſervi ſa douceur, ſa modération, ſa patience ? En le forçant à ſe défendre, on l'a accuſé d'être aggreſſeur. On a oſé lui ſuppoſer des vûes d'uſurpation, des projets d'envahiſſement, tandis qu'on abuſoit de ſa réſerve à publier ſes droits les plus légitimes : on a oſé peindre comme un Conquéranr perturbateur ce Prince que les conquêtes n'ont jamais ennorgueilli. Envain la fortune a mis ſa modération à la plus forte épreuve par le ſuccès brillant d'une expédition qui ſera une merveille parmi les merveilles de ce ſiécle. Les ſtatues érigées au vaincu pour éterniſer l'honneur de la réſiſtance, déclarent aſſez la gloire du vainqueur, & le prix de la conquête. Reſervons à la majeſtueuſe ſimplicité de l'hiſtoire un événement trop ſupérieur aux éloges contemporains, puiſqu'il eſt digne de l'admiration de la poſterité; & contentons-nous d'applaudir à la ſageſſe d'un Roi que les victoires ne peuvent ennivrer, parce qu'il eſt toujours moins flaté de l'honneur d'avoir vaincu, qu'affligé de la néceſſité de vaincre : Un Roi que les triomphes ne rendent point heureux, parce qu'il ne ſauroit l'être quand il ne lui eſt pas permis de faire jouir ſon peuple des douceurs de la paix. Si pour la conſerver il n'avoit fallu que le ſacrifice de ſa propre gloire, ce ſacrifice auroit peu coûté à son cœur, mais sa gloire est celle de la Nation, le bonheur public y est attaché, & c'est par-là seulement qu'il en est jaloux. L'honneur de ce Pavillon respectable qui porte notre renommée jusqu'au bout de l'Univers, la sécurité de cette navigation qui nous fait participer aux richesses des deux Mondes, la protection de ces Etablissemens qui fournissent à la navigation un aliment nécessaire, voilà les seuls motifs qui le font nous appeller aux combats. Ce n'est pas un Pere qui arme ses enfans pour sa querelle, c'est un Pere qui ne s'arme que pour la querelle de ses enfans. Je n'entreprendrai pas, MESSIEURS, je crois devoir m'abstenir de faire son éloge; le bonheur que j'ai d'être admis à l'approcher souvent, m'interdit une fonction dont l'exercice me seroit si cher. Je sens que je ne pourrois me livrer au sentiment de mon cœur sans me laisser soupçonner de flaterie; je sais que je ne pourrois peindre tant de vertus sans blesser celle qui releve le prix de toutes les autres. Falloit-il, hélas! que pour developper en entier la grandeur de son ame, il nous en coûtât les larmes les plus amères, les inquiétudes les plus cruelles! Que ne pouvons-nous ignorer, que ne puis-je oublier jusqu'où il sait porter ces vertus presque sur-humaines qui se déployent dans les circonstances les plus critiques & les plus accablantes pour l'humanité, le mépris du danger, le sacrifice de soi-même, l'accord, si difficile, de la résignation & de la sensibilité? Nous en sommes l'objet permanent de cette sensibilité qui caractérise le meilleur des Rois: Ce n'est pas un vain titre pour lui que le nom de Pere Commun, c'est l'expression du sentiment qui domine en lui; nous occupons dans son cœur la même place que ses enfans; nos droits s'y confondent avec les leurs, & ils aiment à disputer avec nous d'obéissance & de respect, comme ils nous permettent de disputer avec eux d'amour & de filialité. Ainsi cette vaste & heureuse Monarchie n'est qu'une famille immense, qui toujours réunie daus un sentiment commun, n'a besoin que de son union même pour être la puissance la plus florissante & la plus respectée de l'Univers.

www.ingramcontent.com/pod-product-compliance
Ingram Content Group UK Ltd.
Pitfield, Milton Keynes, MK11 3LW, UK
UKHW020526230726
13925UKWH00005B/2246

9 782014 464269